CLÁUDIO
MELLO
E SOUZA

Bem-Te-Vi

CLÁUDIO
MELLO
E SOUZA

ALVO

coleção canto do bem-te-vi

Sumário

PRIMEIRA PARTE

Alvo

Teu olho escuro, alvo
que não alvejo.
Alvo sem claro,
razão sem deus,
clarão de breus.

Feito cores de quem supõe ver,
em microscópio,
um caleidoscópio.

As cores que me encantam não me explicam.

Feito o que, por eu ver, me atraia
ou até, por me querer, me traia,
sestro de lacraia.

Corpo a doer, sem alma a lamentar.
Ainda sem olho,
alvejo esta alvura de morrer.

Em Angra, quando?

A Bia Borges

Em angra de bem tardar:
A maresia, o ranger,
em pegadas de chegar.

Um tardio entardecer
por cores de amanhecer.

Em alpendre, curvilínea,
as redes a te tecer.
Recôncava, acentuada,
tua nudez naufragada,
mas toda a sobrenadar.

Das ondas de tuas redes,
emergiu o teu olhar.
A máxima preamar,
onde mar e amar
acabam de começar.

Poente

Imóvel,
o mar inunda
a areia que o fecunda.

A luz é de Afrodite, reluz
entre os dois lábios da concha deflorada.
Nem são palmas, nem mãos,
imóvel aceno de aDeus.

Monet, não Botticelli, nos dá o futuro de repentes,
mais todo o escândalo do nascente.

Procriar é repetir.
Então, inovar.
Belo, enfadonho ofício.

(Daí, esse anseio de novidades.)

No último horizonte da ilha rasa,
é o céu que nada.

O nadador

Domingo era o dia do presente.

Claro, eram as águas, transparências.
Havia transluzir nesse borda-mar,
imanente clarear.

Não havia (houve um dia?)
esse futuro que ficou de chegar depois da morte.
O que era claro, mais do que o mar,
era este ser e estar a um só tempo,
do aqui permanecer, ardentes
águas-vivas,
úmido pisar em chão de tatuís,
beira-mar de tantos sulcos.

Era o mergulhar, apenas,
nas anáguas das águas,
alegria de quem supõe saber tudo do mar...
... e nada...
... que o destino é nadar.

O resplender ofuscante
do nadar por nadar, em nada nadar,
ou amar.

Mestre Ziza

Era armadilha bem armada:
Não perder o gatilho da bola,
Nem o andante do perseguir.

Era o gatilho azeitado,
Era o dedo martilhado.

Muitas trilhas para uma só armadilha.

Com olhos índios,
Sabia curvas e reentrâncias.
Até chegar a derradeira instância.

Era assim o Zizinho,
sabia ser todos e sozinho.

Uma jovem na ponte

"Sous le pont Mirabeau coulent la Seine
et nos amours..."
APOLLINAIRE

Ainda não é inverno para que tardes tão de manhã.
Mas estás para chegar. As margaridinhas te antecedem
e te anunciam. Minha impaciência te aguarda.
És o vento, última notícia do tempo.
Teus cabelos esvoaçam nos vitrais.
E os imóveis se movem com os músculos do amor.

"São seus olhos", dizes.

Na minha retina, tua pele reverbera
no meio-dia de toda mocidade.
Por que vieste agora e eu depois?
Ainda pode existir alguém tão vivo?
Como me encontraste se nem sei se estou?

Tua sombra, silhueta do sol,
ilumina minha sombra.

Em tempo de tatuís nas areias de Ipanema.
Minha avó punha pedras de anil
No céu de primeira comunhão.

Não deixei pegadas, as ondas me apagaram.
Remorso, minha única lembrança.

Mal me lembro de Maine, Nova Inglaterra,
e sinto pena de seu poema, Vinicius, e de mim,
que juntos calamos o íntimo desterro.

Quantas garotas foram — e nenhuma?
O passado me desterra.

Tanta memória dói, inutilmente dói.
A morte foi-se, minha última esperança.

Em que parte dessa dor nasceste
que nem preciso lembrar-te para ver-te?

"São seus olhos", dizes.

Para ter a tua nudez,
precisaria antes conceber-te.

Paro.

Todos os tempos são o tempo.
Para sobreviver, já não tenho idade.
Mas ainda vivo em ti, penúltimo instante.
E passarás sob a ponte Mirabeau,
partindo como quem chega e diz alô.

Meus olhos, repara,
são duas cicatrizes.

Ao me veres, assim tão bela, constato:
Sou a foto de uma bagatela.

Em Sevilha, à noite

Evidente homenagem a João Cabral

Desaba em touro de morte
Viva a noite de Sevilha.
Não é noite só de noite, hábito
De pernoite. É feito
Alguém à noite: vulto cajado capotão
Dobrado em susto na esquina.
(Namorado em sobressalto
no coração da menina.)

Não é noite sem ousadia,
Esvaída em ângelus, de mãos postas,
Em rezas que são apostas.
É uma surpresa sem espanto.
Nem é alguém arrependido
De temerosa valentia.
É noite sem medo, é noite de dia.

Disposta à vigília
Essa noite se doa a quem doer,
A pincela em negro.
E só esse fosse o quadro
Negro, resumo de procura:
No fundo negro, a alvura.
Não é quadro de *marchand*,
É noite sem amanhã.

Correm longos os rios dessa noite;
e o Guadalquivir ressona em sonho desperto.

Não é o dia que se desfaz, acadêmico,
Sangrado postal de Ouro Preto.

É o que i tem no preto o seu tesouro.
Nem o que se refaz no céu em transfusão,
as cores frio e azul, como nos muitos céus do Marvão.

Se no mesmo céu houvesse
Uma ponta de nascente e um nascer
De poente.
Em Sevilha não se fica à beira da noite:
É penetrando nela que se toca, ovariana,
a fêmea escuridão sevilhana.

Nem é de repente, à noite,
O absurdo: no espaldar da cadeira,
As costas de algum intruso.
É luz de candeia o quanto basta
Para fazer da noite um quarto escuro,
Com nudez de mulher, clarão de açoite.

Nem é o céu leucêmico
Do anoitecer em Paris,
Nuvens de gás néon, a noite atriz,
Mais a chuva racional do chafariz.
(Em Sevilha é a mulher nua que determina
a luz em que seu corpo termina.)

Correm longos os cabelos desse rio,
Em que me perco em foz e afluente.

É o negro céu dos olhos
Dos personagens de Nolde.
E noite que não aceita o molde
Da vida: nem por morto.
Saber-se o já vivido,
O homem desaprendido.

Aqui encerro essa noite
Como o touro que morre em lida:
Por implosão, vivo e morto.
Ao mesmo tempo matador,
Em si mesmo amortalhado.
É noite que se dá em tudo e nada,
Danada.

A noite de Sevilha parece
Que todo o mundo é de noite.

Sevilha, dezembro de 1969 (do livro *O domador de cavalos*)

Poemas de Márcia (III)

Deixas crescer na casca
Em concha de minha mão
O teu seio em polpa.

Tens cheiro e sumo,
E o que secretas no íntimo
De úmida romã.

E uma coisa me assusta:
O anseio que faz
Crescer a fruta.

Rio, 1978 (do livro *Corpo e alma*)

Um parque

Feito de umidade, brisa que se esgarça;
Neblinas em gaze, saia branca, renda que esvoaça.
A manhã se faz tarde no poente Parc Monceau.

Sou de mim a minha estátua, o ser que começou.

É bom estar imóvel;
Ninguém cuida que estou vivo.
Carruagens transportam automóveis:
Com todos os tempos eu convivo.

As grades que me cercam me libertam,
Em gritos dourados, pontiagudos.
Nesse jardim, um falso cadafalso:
A vida é carcereira e prisioneira.

Sou uma estátua, sim, mas fugitivo.

Paris, 1972 (do livro *O passageiro do tempo*)

Bailaora

À Esperança, nos tablaos de Sevilha

"*Tot cobert de roges flames,*
ai, quin espant!"
"El Comte Arnau", de autor desconhecido do século XV

É o anúncio desta véspera:
O que será é sempre acontecido,
feito esta luz tardia
a consagrar a espera.

No céu andaluz, o inútil infinito.
É sexta-feira da paixão.

Alumbram teu rosto os madrigais
e em graça donzela te abstrais:
uma fuga perfeita, bachiana.
Olho teu olhar de sempre mais,
espantos de bruxas, límpidas madonas.
Ainda ficas quando te esvais.
A isso chamas compartir.

Esperemos o desporvir.
O que pudermos saber,
os mortos já esqueceram.

Já está velada a foto dessas núpcias,
festa em deserto e encarnado?

Lúcido alvoroço
de teu corpo
em repouso.

Alpendre solar,
a passarinha.

Calle soturna,
tua sombra nua
reluz de embriagar.

Todo sorriso é silêncio,
como esse teu jeito de prazer:
tão calado, mas retine.

Adourada deusa, passos de marfim,
adereços de *grama y sangre* entre os dedos
de teus pés de Ingres e de jasmim.
E me vens prometendo
com o destemor do medo,
o que não tens e eu não mereço.

Pisas sem pesar na minha primavera.
Na *gestalt* de teus músculos,
minha terra treme.
E me ensinaste, junto a Guadalquivir,
como entender a morte e então sorrir.

Há um pomar na tua geometria:
são curvas de maçã,
recantos pêssegos.
Que líquida oliva
tremeluz na tua pupila?

Chorar? A lágrima não lavra,
que saudade é vingança da palavra.
Depois de nossas batalhas,
é triste viver em paz.

Ai de mim, ai de mim,
por quem não posso suspirar.
Morro de tantas mortes de amar...
És o que acaba e não tem fim.
Sou um espantalho que braceja;
de susto, minha sombra adeja.

Sevilha festeja o luto;
Em tua despedida me sepulto.
"*Ahimè, ahimè.*"

É vestido ou nudez
o teu transparecer?

Linguagem vertical,
gravas no chão
fonemas de metal.

Entre tuas pernas abertas em arpejo,
creio na morte eterna e te solfejo.

Desfaz-se o nosso tormento,
em sobressalto e lamento.

Este é o fim deste seu feito:
a inconclusão do perfeito.

Arpoador, debaixo do sol

Grávida de quentura,
a pedra está madura.

Algo nela se apascenta,
uma chuva de sol
que incandescenta
em dilúculos e
crepúsculos.

Suportar leveza e peso.

Há fagulhas no paiol.
Se sair como Deus quiser,
explodiremos em luzes.

Horizonte, o constrito
engodo de mais um infinito.

A pedra não medra
Outro germe de pedra.
Só quietude onipresente,
infecunda semente.

É tormenta a desabar
em minúsculo navegar.
É pensar sem antever.
Suplício de mais um dia
a decifrar.

No arpoador em pedra,
esvai-se o mar de aquarela.

O poente é apenas Deus
a lumiar uma vela.

Finito e infinito

Tira-se a fruta
E fica apenas a casca insossa,
Ou perfumosa e ardida,
Sem sumo ou assomo.

Tira-se a pessoa:
E a casa não ressoa.

Tira-se a casa:
É o mundo à toa.

Tira-se o mundo:
É o infinito que voa.

Eternamente voa.

Tira-se o eterno.

É o infinito, então,
A decorar o descaso,
no mais perfeito e deslumbrante acaso.

Gravura

Ao velho Goeldi

A madeira é queda,
mas o silêncio é fala.
Rumor de noite combalida,
em que os desvalidos se ouvem,
mais ninguém.

Falam e ouvem do grandioso reles.

Do fundo da certeza,
o lúcido desatino.
Do homem sem ter o que fazer
em tanto destino desatino.

Na luz de tua madeira,
há negrumes de *décor*. Solidões sem cor;
personæ e ninguéns.

Somos, você soube, palco sem reluz,
a sombra apenas do que fomos,
bosquejo de luz escura,
canto de rua que luziu
no mesmo recanto sombroso
em que você se sumiu.

Em teus óculos olhos,
velho Goeldi sem fim,
vejo beleza e remorso
regravados em mim.

Quintal

Havia casas e muros,
musgos, escorregões na certa.
Para saber o quê?

Nenhum olho via.

Veria o mesmo que do lado de cá do muro havia,
e que o vizinho não via nem ouvia.

Mordaças de família,
filhos invisíveis,
iguais dias seguintes.

Era melhor olhar o céu, no tempo
de ruas sombras, ventanistas,
estrelas e cobertores.

O infinito era apenas um dia sem fim.
E daí?

Melhor deixar assim.

Depois, descobri
que éramos todos sozinhos:
o infinito não era o espaço,
mas os vizinhos.

Epitáfio

A Ronald de Carvalho,
sempre tão perto e tão distante.

Guilherme de Ockhan
foi perto de tudo,
no mármore
inscrito.

Mas tão longe estava
e tão íntimo do último instante,
que não alcançou,
num relance,
o logo e o distante.

Guilherme de Ockhan
não queria o máximo.

Estava quase certo:
só um pouco de abstrato
no absoluto concreto.
Mais longe da lonjura,
mais perto da criatura.

Deus o habitava e ele sabia,
mas como se chamaria
essa algaravia?

Esqueceu o abstrato que havia
no que palpava e sabia?

O certo
estava na epifania.

Mas a quem se revelaria?

O epitáfio que lhe faço:
Uma carícia de aço
na convulsão do espaço.

SEGUNDA PARTE*

*Poemas recolhidos postumamente no computador do autor.

Velhice

Quando a velhice bate, mas bate pra valer,
uma verdade contraditória se impõe:

como é chato viver, como é chato morrer.

Sim, porque viver é raiz.
Nasce com a gente,
enquanto a morte é susto recente.
Às vezes, nem dói: parece um triz.

Primeiro (eu era criança) nos assombra quando se revela,
E paira, sombra que ensombra,
sobre paisagem singela, bote vermelho, ondas que embalam,
carícias de mar manso, em curva de rocas, Botafogo.

Ou vestido negro, a destacar o alvor, um pouquinho em cima
da coxa,
torneio de carne, ânsia de delícias, a sorver o tato do olhar.

Foi-se.

O pior é jamais rever.

Aí se instala a morte: graça de ter visto,
Desgraça do impossível reviver.

Deixo apenas a minha cova,
rasa de tanto eu escavar o escrever.

(Acaso)

Frase de romance ou de poema
Ninguém escolhe o acaso. O acaso é que escolhe a gente.
Foi o que me disse minha filha Duada,
enquanto desenhava a briga entre um lobo e um gato.

Acordar

Adormeço para o despertar
do sonho. Seus algozes me acendem
até sangrar.

Não há escape: os pesadelos
me acicatam
desde o primeiro ronar.

Desperto para o ensandecer
da realidade. A tarde me desconsola,
desde os primeiros diábolos do meio-dia.
Não há como escapar:

O dia me assola,
desde os primeiros demônios do amanhecer.

Diálogo

Ao meu filho Pedro

O que prende a gota de chuva
à ponta dessa folha amendoeira?
Temor de cair,
tremor de perder.
Corto a ponta de meu dedo
na lâmina do papel.
Gota de sangue,
o que a impede de gotejar?
O amor, quando é feito de ficar,
mas só para lembrar.

Essa minha última lágrima
cairá por quem?
Por ninguém?
Quando cair a lágrima da folha,
será então a morte?
E essa morte será então
a gota que apenas cai?

Vês? Já não chove.
A lágrima está parada
... *eppur si muove*.

Um rebuçado

Minha filha veio rebuçada.

Tal como as de antigamente,
tem, do rebuçado a cor,
o doce que engasga.

Tem do rebuçado, o flavor;
na garganta, agreste, de ranhuras.

Algo que dói e arde,
dá vontade de chorar esse
nascer no fim do mundo.

Nem sonhar nem recolher,
apenas amanhecer.

Para que me condenam a
amanhecer sem saber?
Sem poder sobreviver?

Para que eu preencha
o vazio de viver,
sem que eu saiba,
e sem esse rebuçado,
viver?

Pérola/Pedra

Imóvel
o mar inunda
a areia que o fecunda.

A luz é de Afrodite, reluz
entre os dois lábios da concha deflorada.
Nem são palmas, nem mãos, essas conchas,
mas imóvel acene (de) a Deus.

Já é sol que anoitece
ou lua que amanhece?

No limite da ilha rasa,
o infinito sobre o nada.

Deusa
(Brigitte Bardot em Búzios)

> "*... tu pisavas nos astros, distraída...*"
> ORESTES BARBOSA

Nascida no abrolho,
tinha o voo lento e astuto
de pássaro noturno.

Deambulava sobre as águas,
sem molhar os pés de prata.

Era azul, em corpo de sol.
Os peixes a queriam,
os pescadores se escondiam.

Temiam a luz da morte.

Tremulava ao vento leste
e adejava pelas cores do infinito.

À noite, colhia vagas estrelas
e com elas semeava o mar.

Eterno recomeço,
fazia homens e mistérios.

Geometria

Amanhece a espera.
Entardece a quimera.
Anoitece a esfera.

A finita estrela
nos sorri,
infinitamente.

Morrer

Afinal, o que me assusta?
Morrer é o mesmo que viver.
De que me valem os olhos de ver nada?
Nada verei se morrer.
So...?

Nada vi ao viver.
De que valem ouvidos ao morrer?
De que me valeram ao viver?
Não soube ouvir nem intuir.
Nem fruir.

O silêncio do navegar
não é o mesmo do naufragar?
(As águas calam o grito.)

Balançar-me na rede com a mulher desejada
é coser-se à vela naufragada.

Chegar ao profundo
não é se afogar no fundo
do imundo?

Fado

A espinha foi curvada.
A cabeça foi baixada.
Foi reza mui rezada,
mais a grana cobiçada,
além de alma leiloada.

Na armadilha armada,
a carta estava jogada.
E a sorte, viciada.

Foi traça que
destraçou.
Foi praga que
não largou.

E assim me foi cantado
meu fado mal entoado.

O nada

Posso ver a claridade do nada,
A polida escuridão do todo.
Um organismo em pretensa ordem,
funcionando em alegre desvario.

O vilarejo das moscas

No sacrossanto vilarejo das moscas,
Ainda havia um olho a ser sugado.

(Observar a morte do amigo)

Observar a morte do amigo é dela participar sem morrer,
nem correr risco. Apenas lamentar, se precaver.
A salvo sem poder salvar.
É olhar o invisível que desfaz.
Lava gelada a esparramar-se
pelo sopé do corpo, vulcão interno, a depor
sementes de silêncio.
A preencher o caudal do rio suburbano,
a trazer prateleiras e confeitos
e colchões desfeitos, de amores sem adereços,
nem endereços. Amores sem apreço.

A morte é também lama. Nada tem de chama.
Lamacenta que bem assenta nesse chão que é já ninguém.
Ocupa-se da margem,
e sorve o todo,
preguiçoso e serpentino deglutir.
Algo que vem devagar, com a ávida pressa de vagar
não sabe mais o que é ausência e dor.
Conclui-se o repasto. Apenas adora
e devora.

Os dias

"...os ventos ardentes de sopro úmido"
HESÍODO, *Teogonia*

Não me lembro do sol.
Que dia foi mesmo aquela noite?
Era sempre noturno o quintal da minha infância.
Ipanema era tão quieta quanto o mundo,
mas havia rumor de estrelas e romãs.

As ondas sonhadas entre azuis e solferinas
eram poentes coxas de meninas.
Noite de grilos e de pasmos;
pela manhã, éramos eu e meu orvalho.

Minha sombra solar, o meu assombro.
O dia que não houve começou na hora de dormir.

E meu pai, chegaria?

E assim, se foram todos os meus dias.

Paisagem de seca

É essa tristeza errante
Que me faz perambulante...
É essa tristeza errante,
Que me faz tão inconstante...
É essa tristeza ingente
Que me faz um *pò* demente
Essa tristeza infante
Que me faz tão delirante.
Essa pureza constante
que me faz petulante.
Essa busca de beleza
Que me faz incessante...
Esse berrante na seca...

É a busca do incerto
Que me faz ser tão deserto...

SOBRE O AUTOR

Cláudio Mello e Souza era jornalista, e iniciou sua carreira em 1959, aos 24 anos, como repórter no *Diário Carioca,* onde atuou também como crítico de cinema. Logo no ano seguinte, foi para o *Jornal do Brasil*, assumir a função de redator das notícias de primeira página. No governo Jânio Quadros, dirigiu a Fundação Cultural de Brasília. Com a renúncia do presidente, voltou ao *JB* como editor do Caderno B. Em 1966, transferiu-se para a TV-Rio, onde redigia e apresentava, juntamente com Heron Domingues, os telejornais da noite. De 1967 a 1969, dirigiu a revista *Fatos e Fotos*, sendo então convidado por Adolpho Bloch para assumir o cargo de diretor das sucursais das revistas do Grupo Bloch na Europa, primeiro em Lisboa e depois em Paris. De volta ao Brasil, trabalhou por mais de 20 anos nas Organizações Globo, período em que marcou época nos anos 1980 como colunista de esportes do jornal *O Globo*, onde também foi editor de esportes. A convite de Roberto Marinho, assumiu o cargo de assessor da presidência da Rede Globo, em 1990. Na virada do século, participou da equipe fundadora do *Extra*.

Seus primeiros poemas foram publicados por Mário Faustino, no Suplemento Dominical do *JB*, em 1959. Publicou três livros de poesia: *O domador de cavalos*, *Corpo e alma* e *O passageiro do tempo*. E lançou, em maio de 2001, o livro *Helena de Troia—O papel da mulher na Grécia de Homero*, pela Lacerda Editores, no Rio de Janeiro. Sete anos depois, chegaria às livrarias o "Arquivinho Nelson Rodrigues", uma *memorabilia* do famoso dramaturgo, da Bem-Te-Vi Produções Literárias. Ao falecer, em 2011, dedicava-se à organização do livro *Carlos Lacerda/cartas (1933-1976)*, também para a Bem-Te-Vi, finalmente publicado em 2014, no centenário do ex-governador.

editora responsável
VIVI NABUCO
editoria executiva
SEBASTIÃO LACERDA
assessor especial
FERNANDO PEDREIRA
assessoria jurídica
MANOEL NABUCO
design gráfico
RAUL LOUREIRO
revisão
MAURO BORGES
coordenadora de projetos
LIANA PÉROLA SCHIPPER
produção gráfica
MARCELLO BRAGA MACHADO
apoio à produção
PÊTTY AZEREDO
EVANDRO JOSÉ SALVINO

CIP-Brasil. Catalogação-na-fonte
Sindicato Nacional dos Editores de Livros, RJ
S714a
Souza, Cláudio Mello e
Alvo / Cláudio Mello e Souza ; organização Sebastião Lacerda. — 1. ed. — Rio de Janeiro : Bem-Te-Vi, 2016.
56 p. ; 21 cm. (Canto do Bem-Te-Vi ; 4)

Inclui índice

ISBN 978-85-88747-56-2

1. Poesia brasileira. I. Lacerda, Sebastião. II. Título.
III. Série.

16-37666 CDU: 869.91
CDU: 821.134.3(81)-1

08/11/2016 10/11/2016

Esta edição respeita o Acordo Ortográfico
da Língua Portuguesa em vigor desde 2009.

Foi feito o Depósito Legal junto
à Fundação Biblioteca Nacional.

Este livro foi composto em Grotesque
na Gráfica Editora Stamppa para a Bem-Te-Vi
Produções Literárias, na primavera de 2016.

BEM-TE-VI
PRODUÇÕES LITERÁRIAS
ESTRADA DA GÁVEA 712/502
SÃO CONRADO
RIO DE JANEIRO — RJ
CEP 22610-002
EMAIL: BEM-TE-VI@BEM-TE-VI.NET
WWW.EDITORABEMTEVI.COM.BR